留級生教授

作者：丁凡
插畫：鄭筱萍

楔子：留級生變大教授

信不信由你！一個小時候留級高達四次的人，長大了竟然會變成頂頂熱門的大學名教授！

這是一個千真萬確的故事，就發生在我的好朋友王家慶身上。

我請他把自己的故事寫出來：「現在不是正流行這種寫自己人生經驗的書嗎？你的故事這麼精彩，寫了一定暢銷！」

他笑著說：「你別陷害我了！我這個人你又不是不知道，能夠不說話的時候就寧可不說話。見了不熟悉的人，我常常腦筋一片空白，有時候如果突然叫我起來說話，我會連對方是誰都忘記了。要我當個暢銷書作者，整天和陌生人交際，那有多可怕！」

我說：「得了！如果你這麼害羞，怎麼能夠天天站在講台上教書，還能唬得住大學生？大家都說你是校園名師，你別哄我了！」

他說：「真的啊！我的小學同學知道我在教書，全都目瞪口呆，無法想像。我從小就很害羞，最不喜歡被大家指指點點。現在大了，還是一樣，不願意成為大家注意的目標，否則就會全身不自在。不過，站在講台上的時候不一樣，好像我已經忘記了自己的存在，可以一直講下去。這一點，我也覺得很奇怪呢！」

我說破了嘴，他打死也不肯寫自己的故事。好吧！既然他不肯寫，只好由我來寫了。

為什麼一定要把王家慶的故事寫出來呢？讓我先解釋一下吧！

這年頭，教育部不准各級學校的學生留級，不管學會了沒有，大家都可以年年升級、準時畢業。「留級生」這個名詞早已經走入歷史了。

雖然沒有留級生了，但是像我的好朋友王家慶一樣，功課跟不上的人，還是跟以前一樣多。什麼後段班、放牛班，那還不是和留級差不多。總是有那麼一些小孩，功課不好，被大人認為無藥可救，叫他們笨蛋、白痴、不用功、壞學生、沒出息……一大堆難聽的話。

其實他們倒不見得笨，但是不知道為什麼，考試卻老是考得一蹋糊塗，敬陪末座。整天被大家當成是白痴加笨蛋，日子一久，恐怕連他們自己也會懷疑自己：「我到底有什麼毛病？為什麼我永遠學不會呢？為什麼別人一學就會呢？」

這些學生在學校裡學不到東西，坐在那裡無聊透了，不調

皮搗蛋、惹是生非才怪！這能怪他們嗎？

如果他們只是成績不好、調皮搗蛋也就罷了！可是，每天被大人罵來打去，許多孩子真的就放棄自己了。翹課、飆車、嗑藥、輟學、犯罪……日子越過越沒有希望。

這本書就是為這種孩子而寫的。

我希望，每一位擁有爛成績的孩子，看了這本書以後，都開始相信：「我不笨，我只是風格特殊，和別人不一樣而已。總有一天，我會找到自己的路。我會活得好好的。」

我也希望，每一位擁有這種孩子的家長，看了這本書以後，都開始想：「這孩子不是不肯用功，他真的是有困難。可是總有一天，他會找到自己的路。現在，就讓我好好的疼一疼這個孩子，陪他走過這一段艱苦的日子吧！」

我更希望，每一位老師看了這本書以後，都開始發現：「

我們班上那個某某某，不就是這樣嗎？原來他不是不肯用功，而是真的有困難。讓我好好的想一想，用什麼方法來幫助他學習？」

在坎坷艱困的求學路上，若是有人了解、有愛相伴，那該有多好！

謹以此書獻給所有被世人誤解、排斥、傷害的孩子們，請原諒別人的無知，並請相信自己、接受自己、愛自己。

只有「自己」是一個人一生永遠的伴侶，生命中最重要的一個人。即使所有的人都不了解我，我可以試著去了解自己；即使所有的人都不相信我，我可以相信自己的直覺；即使所有的人都不接受我，我可以接受自己的原貌；即使所有的人都不愛我，我可以自己愛自己。我可以做自己最好的朋友，鼓勵自己，永遠不放棄。

於是生命終將光明。祝福你！

一、滿江紅的成績單

以前的時代裡，從小學一年級開始，成績單上就不寫「優、良、可」，而是寫出各科分數和名次。一百分是滿分，六十分以上算是及格，用藍色的筆寫。六十分以下算是不及格，用紅色的筆寫。

小慶的成績單上，向來是「滿江紅」——全部不及格。一直到二年級下學期，小慶拿了成績單，忽然發現上頭有一個藍色的數字！

這可不得了！

他興奮地快快跑回家，喘著大氣告訴母親：「媽媽！媽媽！我有一個藍字了！我有一個藍字了！你看！」

小慶媽媽一看，原來藍色的字寫的是「第七十八名——留級」。小慶得了全班最後一名。

老師來做家庭訪問，憂心的跟小慶媽媽說：「這個孩子這樣笨，好像什麼也學不會。與其在學校裡浪費時間，不如退學去當學徒，學個手藝算了！」

小慶媽媽一面泡著茶請老師喝，一面慢條斯理的笑一笑，說：「老師如果不嫌棄，就讓他留在您的班上吧！多多少少學著一些。」

等到老師一走，小慶媽媽就牽起小慶的手，帶他出去玩上一整天。吃館子、看電影、逛書店，還給他買新玩具呢！

興奮的小慶，沒有注意到媽媽反常的沈默，只覺得有老師來家裡告狀真好！他不但不會挨媽媽的罵，還有吃有玩哩！

小慶住的空軍眷村裡，多的是愛管閒事的人，誰家的夫妻吵了架、誰家的孩子功課好、誰家怎麼樣怎麼樣……都摸得一清二楚。見了面總愛東問西問，說長道短一番。

碰到有人明知故問的提起：「孩子在學校的功課怎麼樣啊？」

小慶媽媽總是不置可否的笑一笑，說：「小慶很努力。」

很多人會看著小慶，搖搖頭，對小慶媽媽說：「唉！你要熬到哪一輩子啊？」

小慶媽媽也總是說：「小慶很快就會長大了。我們很好，您放心！」

二、糞球大王

小慶因為從小體質不太好，常常生病。小慶媽媽從中醫那兒抓來了補藥，天天燉給他吃！吃呀！吃呀！竟然吃成了一個小胖子。

小慶的身體和四肢的協調性本來就不好，總是笨手笨腳的

，動作緩慢遲鈍。發胖以後，更是不得了！一張臉圓滾滾的，走起路來跌跌撞撞，身上好像老是這裡一塊瘀青、那裡一塊破皮的。

體育課爬竿、吊單槓的時候，他總是從上面掉下來。

走樓梯的時候，小慶常常弄不清楚台階的高低，一下子踩空了，摔了一大跤。

在學校練習齊步走的時候，他常常弄不清楚左右，總是會同手同腳，絆倒了自己不算，還把別人也絆倒了！

下了課，大家流行玩官兵捉強盜、丟沙包、打彈珠、跳繩、打躲避球……這些小慶都不會，也沒有人要跟小慶一起玩。

老師總是拿他當例子，對全班同學說：「你們看！好吃懶做的結果，就是像王家慶這樣！像豬一樣，沒出息！」

那時候，鄉下學校裡的廁所還是用蹲茅坑式的。學校工友

在校園僻遠的角落裡，挖個大糞坑，上面鋪著些石頭墊腳。等到糞坑滿了，才花錢請人來挑糞。平常，蹲在茅坑上，低頭往下望，就可以看到半滿不滿的糞坑裡，臭氣薰天，佈滿蒼蠅，上頭還都爬著蛆。

小慶最怕在學校上廁所了。他的腳常常對不準石頭踏板，噗通一下子，就掉到茅坑裡去！奇怪的是：他越想用心對準踏板，越是會對不準！

小慶掉下去以後都不敢叫，不敢求救。一心只想著：「完蛋了！完蛋了！我又出錯了。你看，又出事了！」

他知道，又要挨一頓臭罵了。

一直要等到有別的同學來上廁所，看到了小慶狼狽的模樣，才跑去告訴老師。老師就緊緊皺著眉頭，要一群同學合力把小慶拉起來，帶到水龍頭旁，用澆花的長塑膠水管，遠遠的、

狠狠的、上上下下的把他沖洗個徹底，然後叫他自己回家換衣服。

那時候，老師們最煩的事，就是有同學來說：「報告老師，王家慶又掉進廁所裡去了！」

同學們最害怕的事，就是被老師找去把小慶拉出糞坑。

小慶最害怕的事，就是在學校上廁所。

久而久之，小慶練得了一流忍功，在學校絕不去上廁所了。但是，同學們還是喜歡在操場上圍住小慶，把他困在圈圈裡，七手八腳的拿他當成人球，推過來、推過去，拍著手叫他：「糞球大王、吃屎大王。」

這個時候，小慶從來不哭，只是忍著又忍著。

三、為什麼就是學不會？

可憐的小慶常常不知道人家在講些什麼？

別人說的話，小慶一句一句都聽到了，好像也都聽懂了，但是不知道為什麼？全部連在一起的時候，卻總是不知道人家的意思是什麼？尤其是句子裡用到「因為、所以、反而、然而、因此、於是、既然……」之類的轉折詞，小慶就再也轉不出那片文字的迷宮了。

小慶心裡充滿了疑惑？對整個的世界、對所有的語言，都不懂得為什麼會是那樣子的？為什麼人們可以那樣說話呢？為什麼自己都聽不懂呢？他常常就這樣發呆的看著人家講話。

大人看他一臉茫然，呆裡呆氣的，心裡更生氣，聲音就大起來了！別人的聲音一大，小慶就更覺得混亂，更是聽不懂了。

小慶也常左右不分，叫他往右，他會往左。鞋子常常穿反了，走路變成一跛一跛的。許多字也都寫成上下左右顛倒，自己心裡還納悶：「為什麼一定要那樣寫呢？左右倒過來寫又有什麼關係？真奇怪？」

因為常常為了弄錯方向而挨罵，於是小慶變得很猶豫，他永遠不知道自己這回是對的？還是錯的？有時候，明明寫對了，他也會把字擦掉，重新寫成錯的。作業本子上總是七塗八改，紙都被擦破了呢！

小慶做每一件事情，都需要很多時間。別人半個鐘頭就把功課寫完了，他花了三個鐘頭也寫不完。一筆一劃的寫字，對小慶而言，是多麼辛苦的一件事呀！

悽慘的是，小慶辛辛苦苦寫出來的字，不但七歪八扭，而且還東掉一個字、西落一個詞。有時候，抄課文還會整句整段

椅子？
一
左
國語
右

的抄漏了。老師改起小慶的作業，總要氣得大罵：「說你笨，不會做算術也就罷了！連抄書也抄不好，我問你，你還能做什麼？你就不能認真一點嗎？」

有時候，老師要大家輪流上台寫字，檢查筆劃順序有沒有錯誤？小慶寫得慢，老師會說：「寫這麼慢，要寫到我頭髮白了嗎？你想留名青史嗎？你是在寫黑板，不是刻碑文！」

小學時，小慶的數學大多是零分。他會加減乘除，也會背九九乘法表。但是看到複雜一點的數字就會頭暈，心裡很茫然、很惶恐，一直到大了都是這樣。

有一次，王家慶陪我去光華商場逛古董店，看到了很多他想買的好東西，問了半天價錢，最後卻只買了兩樣。我問他：「怎麼了？錢沒帶夠嗎？我這裡有，可以借你。」

他說：「不是啦！如果多買幾樣，我就不會加總數了。上

次買了好幾樣東西，回家用紙筆一樣一樣加，發現怎麼加起來沒那麼貴？我才知道又被人騙了！現在我一次只買兩樣，就不會再被騙了。」

我看著他笑笑的、溫和的、不生氣的臉，真想跑回古董店去揍那個沒良心的老闆一頓！

事實上，我想揍的人可真多！

例如：教過小慶的老師們。

四、牛魔王的嘴臉

小慶念書的時代，國內還沒有設立國中。小學畢業以後要考聯考，考上了才能升初中。小慶的學校是出了名的「好學校」，考初中的升學率高達百分之九十五以上。學校沒有放牛班，但每班有一排放牛排，讓成績爛到不能升學或家境清寒無法

升學的學生坐。當時，小慶個子矮，就坐在放牛排的第一張座位上。

學校發了粗粗的藤條給老師用，老師們比賽，看誰用得最快？幾乎每個老師都是一個星期換一根。有時候，老師一氣起來，順手拔下椅子上鬆動的木板，也不看看上面還有鐵釘，悶頭悶腦的就打了下來。

有人上課打瞌睡，老師拿起自己的茶杯，也不管裡面的茶有多燙，就當頭澆下去，燙得頭皮都變成通紅通紅的了！

常常有學生被打得身上全是瘀青、全是傷痕。有時候，會被打到當場大小便失禁。

小慶就是天天被老師叫到講台前面打的學生之一。

「不用功！不認真！我就不信你真的不會？這麼簡單的題目也會錯？你根本是不肯用心！乾脆不要來上學好了！」

老師也會用小慶來教訓別的學生：「你們看！像王家慶這樣，這麼沒用，將來一定沒出息，餓死在街上都沒有人知道。你們一定不可以學他，知道嗎？」

全班同學一起大聲回答：「知——道——！」

這個時候，小慶從來不知道自己是不是也該和大家一起大聲回答：「知——道——！」

現在王家慶回想起來，覺得當時的台灣教育真是滿可怕的。在他的印象中，沒有一個老師對學生有愛心。

他只記得三年級的時候，有一個老師，也是天天罵他、打他。有一天，老師打了小慶一頓以後去開會。開完會回教室，問風紀股長：「老師不在的時候，有誰講話？」

風紀股長說：「王家慶有講話。」

老師氣呼呼的又狠狠打了小慶一頓：「你是什麼毛病？才

打過，還找打？你喜歡被打是不是？」

打完他後，才有同學怯怯的舉手說：「老師，王家慶沒有講話。」

老師叫小慶跟著她去辦公室，對他無可奈何的嘆了一口長長的氣！

「你怎麼傻成這樣？為什麼不會跟老師說你沒有講話？」

老師叫小慶幫她擦擦桌子，然後把著小慶的手，寫了一行字：「你看！這樣子寫，一點也不難嘛！是不是？」

小慶從來沒有跟別人那麼接近過，他可以感覺到老師身上的體熱和汗味。小慶被打過的、紅腫破皮的手，被握在老師的手中，隨著一筆一劃的上上下下，更是一陣一陣的痛著。小慶沒有喊痛，他只全心全意感受著老師的體溫。

寫完了那行字，老師放開手，打開小慶的鉛筆盒，看到幾

枝禿短的鉛筆，又嘆了一口氣：「怎麼沒有人給你削鉛筆呢？可憐！沒爸爸的孩子，媽媽上班忙，你自己不會削鉛筆嗎？」

小慶傻傻的搖搖頭。老師把他的鉛筆都削好了，才叫他回家。

那天小慶高興了很久，好像吃了興奮劑一樣，坐都坐不住。可是，第二天，老師又恢復了老樣子，好像前一天的事完全沒有發生過，對小慶照樣是又打又罵。

五、愛看書的小孩

雖然小慶的學校成績一團糟，但是他很愛看書。

小的時候，每天晚上，小慶媽媽忙完了家務事，總會和小慶一起窩在竹床上，唸床邊故事給小慶聽。她一面唸，一面跟他天南地北的聊著書裡的內容。

小慶媽媽還喜歡幫小慶買各種各樣的書，在每一本書的扉頁上寫著「家慶第××本藏書」。家裡訂的報紙雜誌也很多，像什麼國語日報啦、快樂兒童啦、少年文藝啦、今日世界啦、拾穗雜誌啦，甚至還有一些外國雜誌和各種大畫冊。

小慶媽媽常鼓勵他看書，要他把讀書當作是一種日常遊戲，而不是一種壓力。她常說：「看不懂沒關係，隨便翻翻，看看圖片也好。」

在那個時代裡，人們坐的是三輪車，喝的是白開水，吃的是粗菜，飯桌上經年累月見不到肉。到朋友家做客，帶十顆雞蛋送主人就算是很體面了。小慶那時候年紀太小了，他完全不懂得，媽媽獨自養家的壓力有多大？他完全不知道，這些書籍雜誌是媽媽怎麼樣縮衣節食換來的？

小慶只知道，在家中的書堆裡，他有一個屬於自己的世界

，一個與大門外的世界完全不同的樂土。母親的包容，給了小慶一線生機。

小慶最喜歡躲在厚重的窗簾後面看書，好像天地之間，只剩下他一個人了，沒有爭執、沒有紛擾，安安靜靜的，多好！他不喜歡被打擾，甚至常常為了看書，忘了吃飯。

有時候，小慶媽媽會陪他一起看書，問他看到了什麼？覺得如何？就這麼漫無邊際的聊著。

小慶的身體很不好，容易莫名其妙的發高燒，一發燒就留在家裡休息或者進醫院療養。不論是在家、在醫院，小慶媽媽都會放一大疊書在他身邊，讓他在病中也有書可看。

直到現在，閱讀仍帶給王家慶最大的喜悅和幫助。讀書就像吃飯一樣，已經成為他生命的一部分了。

少年文藝
快樂兒童

六、無聲的孤寂

除了成績不好、運動不行之外，小慶說話時還會口吃、結巴。

小慶講話一快就打結。心裡越急，越想說清楚，就越說不出來。小慶媽媽帶著他，依著書上的字，一字一句慢慢的朗讀，總說：「不急、不急，你慢慢唸。」

這樣天天朗讀書報，小慶的口吃越來越不那麼明顯了。到了小學六年級，終於能說出完整的句子。上了高二，才能真的正常說話。高中老師鼓勵他參加演講比賽，希望他不要那麼安靜害羞，小慶真是嚇壞了！小慶媽媽知道了，就教他：「沒關係，萬一忘記了，就鞠個躬說謝謝大家。」

到了演講那天，小慶第一次站在台上，面對台下黑壓壓的

一片，果然腦筋一片空白。他照著媽媽教他的，對著台下說了一聲謝謝大家，就下台了。

今天，王家慶的學生再也想像不到，站在台上滔滔不絕的王教授曾經是一個口吃的孩子！

小慶媽媽給小慶的家庭教育中，除了朗讀之外，還包含聽音樂、背詩、讀文章。她請老師來教小慶鋼琴及小提琴，但是學了一半就因為手指不夠靈活而學不下去。高二時，上了兩個禮拜的聲樂課後，老師說：「你的音質不好，不必再來了。」

小慶媽媽聽了，嘆了口氣說：「好罷！可是至少不要放棄欣賞音樂。」

她明白，藝術是幫助一個人梳理自己、安撫自己情緒的最佳調劑。每當心情不好時，小慶總會翻翻畫冊、聽聽音樂、讀讀詩，使生活中再次充滿了美與善。日子有藝術陪伴，就不會

那麼孤單痛苦了。

小慶媽媽知道小慶在學校很孤獨。有時候，小慶會拿家裡的東西去送同學，買下課十分鐘的友情。小慶媽媽知道了，只說：「不要害怕做自己。你必須活出自己來。」

說起來簡單，這可不是一件容易做的事。小慶花了二、三十年，才慢慢接受自己，不再擔心自己不被別人肯定或接受，不再害怕孤獨。

也許是因為這種深沈的孤獨感罷！小慶自小便對生命的存在與死亡特別有興趣、特別敏感。

小慶喜歡看鏡子，覺得鏡子裡面是另一個世界。他喜歡看天空，覺得天上也有另一個世界存在。他覺得萬分可惜，為什麼那些世界如此的不得其門而入呢？

小慶喜歡獨自一個人去他家附近的公墓散步。他常常趴在

墳上，想從縫中看進去，希望看到死亡是什麼樣子？希望看透那個黑暗。

有時候，小慶會獨自坐在山坡上的小廟前看夕陽。金黃色斑斕的落日餘暉，映照著廟牆上的紅磚，一片血紅。他感受到黃昏暮靄的下沈，讓自己被毯子似的暮靄層層包裹起來。那種感覺好溫暖、好安全。小慶覺得好像自己的生命，又更新了一次。

小慶因為健康狀況不好，常常需要打針。針打多了，手臂上打針的部位變成一塊死肉。這種針很粗，打針的時候，要把肉拉起來，慢慢的打，一次便要打四十分鐘之久。那真是痛苦極了！小學三年級那一年，小慶學會了把自己的整個精神、整個心靈移走，好像整個人浮了起來，站在旁邊，看著另一個人在打針，他不再感覺到打針的痛苦。

後來，在學校挨打的時候，小慶也用這個方法，把自己拿開，放掉自己的肉體、放掉自己的感覺。手腫了、皮破了、血流了，他都不再有任何感覺。

小慶常想：「不知道這是不是就是死亡的滋味？」

七、夢與遺忘

小慶的各種毛病，數一數真是一籮筐。

比如說：小慶常常丟三落四。對他而言，上學忘了帶課本、作業、蠟筆、硯台之類的東西，早已經是家常便飯。他甚至會連書包也沒帶，到了學校才發現兩手空空。他最怕別人交代他做任何事，因為他一定會忘掉。後來，小慶乾脆把全部的課本和文具用品，一股腦塞進書包裡，每天不論用得到還是用不到，都沈甸甸的揹來揹去。

但是，文具總得要拿出來用。小慶一把它們拿出來用，文具就像是長了腳似的，又不見了。

每個學期，小慶總要弄掉兩、三件外套；五、六個水壺和便當；十幾個橡皮擦；幾百枝鉛筆……還有無數的襪子、手帕、車票、通知單、零用錢……等等不勝枚舉。

小慶每天都花很多時間在找東西。每次找不到東西了，小慶媽媽就教他重新「演」一遍：「想一想，一回家你做了些什麼？在客廳門口脫了鞋子以後呢？好！到客廳放下書包。放好書包以後做什麼？去上廁所……」

她帶著小慶，照著回想的順序，實際去走一遍。果然！水壺就留在廁所馬桶的水箱上。

後來，小慶媽媽乾脆訓練他做任何事都用固定的步驟做，任何東西都有固定的位置。例如說：放學回家後，第一件事就

是把書包放在客廳門口的小茶几上。需要什麼就去小茶几上找，一定找得到。

小慶媽媽還在屋子裡到處貼了一大堆小紙條。

大門內側貼的是：「鑰匙、午飯帶了嗎？」

放書包小茶几旁的牆上貼的是：「書法用具、美勞用具帶了嗎？」和「通知單給媽媽看了嗎？」

小慶房門上貼的是：「刷牙了嗎？」

書架上，每一層都貼上了圖書分類的標籤，什麼書在哪裡，一目了然，要找任何一本書看都很容易。就連衣櫃和書桌抽屜上都貼滿了標籤：「內褲」、「襪子」、「上衣」、「制服」、「白紙」、「筆和文具」、「玩具」、「積木」……

因此，小慶自小養成了分類的觀念和「用完東西，放回原位」的習慣。這使得他雜亂無章、茫無頭緒的生活，出現了一

點秩序和規律。

小慶媽媽給他的生活訓練不止於此。

小慶常常做惡夢。在夢中，小慶總是要去考試，卻完全沒有準備。或者是考試題目發下來，一題也不會。在夢裡面就這樣僵持著，醒不過來，一直跟自己說：「怎麼辦？怎麼辦？」

小慶媽媽教他，在夢裡告訴自己：「不要怕，這只是一個惡夢。不要管什麼考試了，我只要趴下來，在桌上睡著了，醒來就會發現已經在自己床上了。」

小慶就這樣在夢中叫自己快快睡、快快睡，睡著以後，醒來就好了。這一招還真管用呢！

可惜！白天在學校的惡夢卻醒不過來，也遺忘不了。

八、樂趣與哀愁

父親早逝，小慶又是獨子，家裡就只有他們母子兩人，顯得頗為零丁孤單。但是，小慶媽媽總會想些花樣，在生活中注入一些熱鬧和樂趣。

每個星期六，小慶媽媽固定會帶他去看一場電影。挑選電影的時候，她會跟小慶解釋為什麼要選這部電影？導演是誰？主角是誰？同時也會讓小慶參加意見。直到大學聯考前夕，仍然每週跑去看電影。小慶媽媽說：「不必緊張！你若是已經準備好了，不在乎這兩小時；若是還沒準備好，這兩個小時也起不了什麼作用了。」

大量的書籍、畫冊、音樂、電影，成為小慶生活中不可缺少的重要部分。它們豐富了小慶的生命，讓他覺得，學校的成

績表現不是生活中唯一的價值。成績不好，日子還是一樣可以過得下去，還是可以有很多樂趣啊！

每個星期天早上，小慶媽媽都會帶小慶出去吃早點。天氣還算好的話，吃過早點再一起去郊遊。附近的海灘、山丘、溪邊，都留下了他們母子二人的足跡。

到了目的地後，小慶媽媽總是叫小慶一個人去玩。她自己坐在那裡，一動也不動，獨自靜想冥思。

小慶並不想一個人去玩耍，他覺得非常害怕、非常孤單，好像忽然之間，母親變得好遙遠、好陌生了。但是他忍著不敢說。即使那時候他的年紀還小，不解世事，然而，遠遠望著母親孤寂瘦削的身影，小慶多少感覺到了，母親該是在那兒舒緩她自己的情緒吧？

小慶心裡模模糊糊的猜想：「媽媽在想些什麼呢？我真的

是王家值得慶喜的孩子嗎？如果沒有我，媽媽的日子會好過多了吧？如果沒有我，她也可以再嫁吧？」

在這個時候，小慶總有著一股想哭的衝動。

九、生活的訓練

小慶媽媽覺得小慶不會讀書沒關係，平常的生活總得學會怎麼過？將來小慶長大了，總有一天自己一個人過日子，必須先學會照顧自己。即使是現在，小慶媽媽上班的時候，小慶不也常常自己一個人在家裡嗎？

因此，她很重視小慶的生活自理能力，從小便訓練他做各種家務事，要他能獨當一面，獨立過日子。

小慶媽媽喜歡一面做家務事，一面跟他說自己正在做什麼？例如：洗碗的時候，就對小慶說：「洗米水可以去油污，用

山珍海味
塩

來洗碗，比肥皂還好用；煮過麵的熱水更好用。」

洗衣服的時候，更絮絮叨叨的說：「髒衣服要先在盆子裡泡上半天，比較好洗；深顏色和淺顏色的衣服要分開泡，免得深顏色衣服掉下來的顏色把淺顏色的衣服染壞；羊毛的衣服要用冷水輕輕洗，否則會縮水……」

小慶喜歡跟在媽媽身邊，看著、聽著這一切。奇怪的是：課本上的知識，小慶怎麼記也記不住，這些生活中的知識，他隨便聽聽卻都記住了。在生活上，小慶可能幹了呢！

小慶才剛剛能拿穩皮鞋、不會掉下地的時候，媽媽就規定他負責刷皮鞋。

他有一整套自己的刷鞋工具：大毛刷、小牙刷、抹布、好幾盒不同顏色的鞋油。抹布還分成擦灰的、抹油的和打光的三條。

小慶先在鞋面上吐一口口水，用擦灰的抹布把皮鞋擦乾淨；然後用食指裹著抹油的抹布，挖一點鞋油，在鞋面上仔細抹均勻了；再拿打光的抹布來來回回打擦，皮鞋就閃閃發亮了。

每次刷好了，小慶就會把鞋子排成整整齊齊的一排，等著媽媽來檢查。小慶媽媽總是不斷的讚美著，讓他心裡充滿了成就感。

他想：「不管怎麼樣，至少我可以去火車站幫別人擦皮鞋賺錢，餓不死我的。」

這樣想著，小慶心裡便生出了一股踏實的安全感。

十、發奮向學

小慶最後終究還是沒有成為擦鞋童。反倒是在小學留級兩年、初中和高中各留級一年之後，終於考上了大學，唸了研究

所，最後當了大學教授。

不善於考試的小慶之所以會拚了命讀書，準備聯考，最後終於走上學術的路，說起來，原因其實滿好笑的。那時候，台灣的生活很單純。鄉下地方，除了酬神廟會的野台戲之外，什麼別的活動也沒有。為了看一場電影，小慶母子兩人必須搭乘公路局的車，坐很久很久，到比較大的城鎮裡去。

小慶從報上看到，台北市和鄉下不一樣，好像常常有什麼話劇、演唱會，各種各類的文藝活動很多。小慶在學校太苦了、太寂寞了，上課又都聽不懂，於是常常做白日夢。他常想：「台北的生活似乎比較快樂、比較好玩。我也要搬到台北去住！」

在小慶的心目中，要搬到台北去住的唯一方法就是考上台

北的大學！

另外一個原因是小慶媽媽的一群大學教授朋友。小慶媽媽經常帶著小慶去參與這些朋友們的聚會。在他們的交談中，有某些東西強烈吸引著小慶。

這些人總是顯得那麼自在、那麼從容。

他們一面喝茶，一面談論著政治、歷史、文化、藝術……他們的視野是多麼的遼闊，生活是多麼的豐富有趣。小慶和他們在一起的時候，不像在別處常有被壓迫的感覺。這些人懂得尊重別人，他們不會去碰觸小慶敏感之處，不會追問他的功課如何？好像他們能夠洞悉他的心事，一切用不著多說。

同時，他們談話的內容也開啟了小慶心中的一些思想的、心靈的東西。

小慶常模模糊糊的想：「我要學這些叔叔伯伯們，和他們

一樣。我要過他們那種學者的生活，我要進到他們的世界裡去。」

當學校老師來家裡勸小慶媽媽送他去學技藝，不要再讓小慶升學的時候，小慶媽媽總是不置可否。

老師走了之後，她才問小慶：「你自己覺得呢？想不想考學校？」

小慶毫不猶豫的回答：「想！」

小慶媽媽又問：「那你打算用什麼方法去唸書呢？」

他仔細想了又想，課本上的知識都讀不懂，怎麼辦呢？他覺得自己的記憶力似乎還不錯。既然只會用背的，就拼了命的死背罷！

考初中的時候，小慶竟然把每一科的課本從頭到尾全部背住了。

很可惜！背得這麼辛苦，小慶還是沒考上任何學校。小慶的名字，被排在一間學校補校的備取名單的尾巴上。也許是天公疼憨人罷！開學前一個星期，小慶竟然意外收到了入學通知。原來這間學校換了校長，新校長決定擴大招生，把備取生全部改為正取了。

就這樣，小慶進了初中。

十一、鍥而不捨

僥倖進了初中以後，小慶的日子並沒有好過多少。別人唸六年的初中高中，他唸了八年。

這八年裡，小慶的個子長高了。不再吃補藥的小慶，身材也恢復了正常。同學們漸漸的不再取笑他了。但是，上課的時候，小慶還是聽不懂老師在說什麼。他總是得花很多時間背課

本，把一課一課的課文全部背起來。有的時候，連作夢也在背書呢！

為了準備大學聯考，小慶除了課本之外，還背了一本又一本的參考書和測驗題。每天晚上九點半，小慶等媽媽睡了之後，便一個人騎了腳踏車，到學校廁所的燈光下徹夜苦讀。

這時候，整個學校只剩下一盞燈，照著小慶一個人孤寂的身影。

懼怕數學的小慶，硬是逼著自己背了「范氏大代數」上下兩冊參考書裡的八百題數學題。考試時，終於碰到了一題看起來眼熟的數學題目，只是內容稍有改變。

當時小慶連判斷和分辨的能力都沒有。既然不會變通，只好照著參考書裡的題解照樣寫一遍。還好那題分數是十五分，雖然小慶的答案不對，但是運算過程對了，好心的閱卷老師給

了八分同情分數。那時的聯考規定，任何一科若是零分就不能錄取。於是小慶就靠著這八分才得以進入大學。

除了死背以外，這時候的小慶已經自己摸索出了一套背書的方法。例如說：讀第一遍的時候，用鉛筆劃重點。讀第二遍的時候，用藍原子筆劃重點。讀第三遍的時候，再用紅筆劃重點。

小慶進一步發覺，他可以把名詞或句子濃縮成一個字或是用一個符號或圖像來代表。到了考試的時候，再把它復原就好了。這樣一來，一篇課文可以被濃縮成十來個主要的字，背起來就容易多了。

小慶的口袋裡，永遠塞滿了一堆小字條，上面抄著濃縮課文，隨時拿出來背誦。

除了背誦以外，小慶也學會了分析、歸類。例如：歷史課

本中任何一個主題，都分成遠因、近因、導火線，什麼時間、地點，有什麼人物……然後把資料縮小簡化成具有代表性的少數幾個字。到了考試的時候，再根據這些字復原成一篇完整的課文。

就這樣，雖然談不上順利，但是隨著年紀和讀書技巧的增加，小慶求學的日子越來越不那麼艱難了。

當小慶大學畢業時，母親得了重病。小慶寸步不離的守在病床邊，母親卻跟他說：「你那麼愛讀書，要不要再去考研究所？」

小慶說：「您生病，我實在沒有心情去考！」

母親說：「你去試試看！你不去考試，留在這兒陪我，我也是要走的。你若是考上了，我就可以更放心了。聽媽媽的話，去考考看吧！」

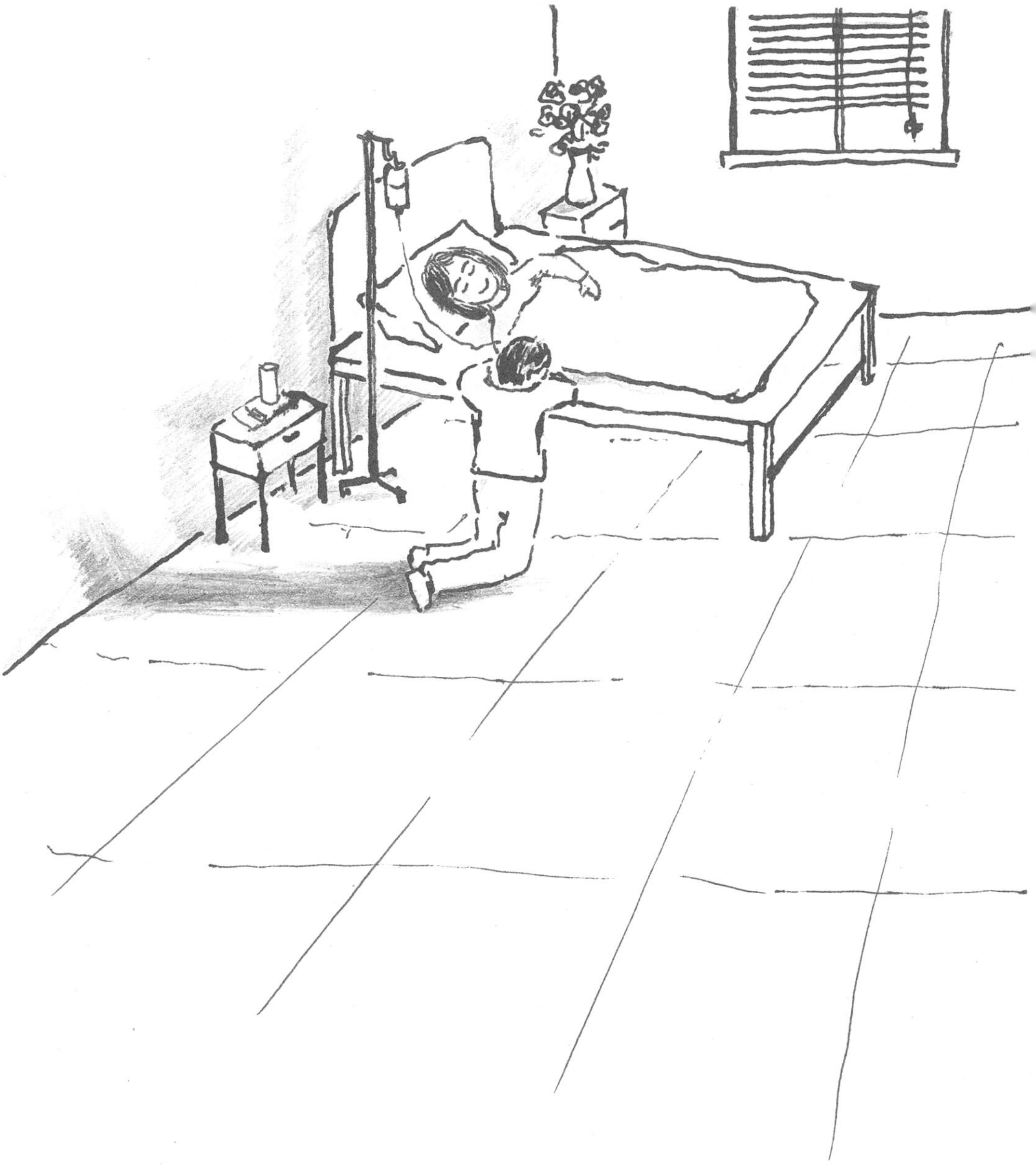

小慶還一直以為媽媽對他的成績完全不在意呢！

許多天後，小慶趕到醫院，告訴母親考取研究所的好消息。病床上，已經奄奄一息的小慶媽媽忍不住反覆的說：「我就知道我的兒子不錯，我等了好久，我等了好久。現在我終於可以瞑目了，我對得起祖宗了。」

小慶媽媽的淚水不斷湧現，浸溼了衣襟和枕頭。她的兩臂卻再也無力舉起，去擦拭兒子臉上也悄然滑落的熱淚。

三天之後，小慶媽媽就過世了。

十二、智慧的萌芽與茁壯

小慶一直要到了大學二年級，頭腦才開始比較清楚。大學課堂上的老師喜歡問些沒有標準答案的、思考式的問題，別的同學們習慣了參考書和補習教育，竟然全班都傻呼呼的答不出

來。只有小慶每次都能回答，而且回答得很有創見。老師們竟然視他為天才，小慶一時之間實在是不敢接受，但是又有些高興。「上學」這回事，似乎和以往的情形完全不同了。

其實，老師提出來的這些問題，對小慶來說，一點也不困難。

以前，每當小慶在課堂上聽不懂的時候，他就愛東想西想。他特別愛想一些和生命智慧有關的問題，一些人類共通的問題，然後喜歡一直去揣摩、去推想、去探索。等到大學老師提出這些問題的時候，所有的答案都早已經存在他的腦海裡了。

而且，小慶媽媽為了訓練他思考，碰到問題總會對他說：「為什麼？真的嗎？你是怎麼想的呢？說一個理由看看。」

每次碰到困境不知道該怎麼辦時，小慶媽媽教他把所有可能發生的情形都列出來，例如：考上了大學怎麼過日子？考不

上大學又可以怎麼樣過？左邊寫這個，右邊寫那個，看起來，就覺得總有一種生活可以過下去。這樣一想，就沒什麼可怕的了！

小慶因此也喜歡不斷問自己各種問題，為自己分析。他想要了解事情的真相。他不隨便接受別人的結論，不輕易同意別人的說法。

小慶媽媽還教小慶做分類。例如：故事書的作者，小慶媽媽就會指出來這幾個是英國人，那幾個是德國人，這些小說因為國家不同而看起來不同。小慶媽媽還教他摺衣服，要他分辨這是什麼布料，棉布和毛衣如何用不同的方法洗滌，如何一一分開收放。

小慶在大學裡，就是用這些方法，努力試著去把讀過的東西分類、組織起來，整理出一些有脈絡的系統。

到了大三，小慶開始有了一些信心，確定自己的努力可以看得到成果。於是開始下了很大的功夫來訓練自己，就像四書中庸裡的一句話：「人一之，己十之；人十之，己百之；人百之，己千之，雖愚必明，雖弱必強。」

這句話的意思是說：「別人做一次就夠了的事，我做十次；別人做十次，我做一百次；別人做一百次，我做一千次；就算我再笨，也會弄清楚了；就算我再弱，也會變強了。」

小慶心裡想：「笨鳥先飛，只要我比別人更努力，總會成功的。」

就這樣，一旦下定決心，小慶不斷的努力、努力、再努力。於是有了今天的成就。

十三、調整心態

直到當了大學教授之後，王家慶才很訝異的發現，功課好的學生也有很多問題、很多痛苦。他開始了解到，只要是人，就會有問題和困難。只不過，每個人的情形不同，碰到的問題和困難也就不同了。

於是他開始回頭，用客觀的角度來看自己的問題，試著不再在意自己的缺點，學著走出痛苦回憶的陰影。王家慶逐步學會了放鬆自己的身心，讓自己不求、不貪，一切隨心自在，享受當下。

童年的挫折使得王家慶長期對自己缺乏信心，但也同時讓他沒有強烈的自我，因此心中能夠不抱著成見，反而比一般人更容易接納和自己不同的人。碰到學生有不同看法的時候，他

不會堅持自己的意見才是對的，只會客觀的提供自己的經驗，讓學生參考。王家慶發現，誠實面對自己是最具有說服力的。知道就說知道，不知道就說不知道；對就是對，錯就是錯。老實承認並且接受自己有所不足，反而更能讓人達到自由、自信、自在的境界。

王家慶也一直記得母親對他多年來始終無怨無悔的耐心和等待，以及無條件的愛和包容。即使生活中有許多困難，但她始終沒有喪失對生命的熱愛。甚至在病重時，精神好了一點，便教病房裡的護士說英語。她常說：「如果沒有愛，生命就沒有意義。愛讓人感受到生命的豐滿、喜悅和不欠缺。」

因為王家慶從小沒有得到過任何老師的支持和鼓勵，所以他自己當了老師之後，就努力的用著愛、了解和接受去關懷每一個學生。以前受過的種種痛苦，這時都化為了助力，使他更

能了解別人心中的痛苦和無奈。

很快的，王家慶便成為學生心目中的校園名師了。

在教學中，他第一次感覺到生命的美好。他不再覺得孤獨、寂寞，也不會再覺得與這個世界格格不入了。

「動動腦時間：

看完前面的故事，請試著想想下面的問題，你可以先寫下你的答案，再找人討論，歡迎你找你的老師或父母、兄姊一起討論，討論完後，你再看看你原先的答案，也許你會從這個故事發現更多和自己有關的事。」

☆你知道什麼叫留級嗎？被留級的學生可不可笑？

☆你覺得王家慶聰不聰明？如果他聰明，為什麼他小學功課不好，甚至會留級？

☆你有沒有發現過自己在某些事情學了好幾遍都學不好，可是學別的事情又很快學會？你知道為什麼會這樣嗎？

☆你認為一個人的聰明智慧應該是全面的，或是部分的？所以當人讚美你很聰明時，是否表示你每一方面都很好？為什麼？

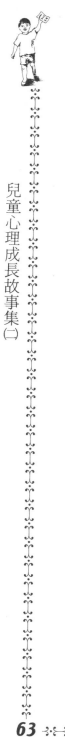

☆你覺得自己有時候會像王家慶一樣的笨拙嗎？你害怕讓人家知道你像王家慶一樣的笨嗎？為什麼？

☆有哪些方面你會覺得自己再怎麼努力都沒有用？你怎麼確定你的努力是沒有用的？你知道你為什麼會努力也沒用嗎？那你怎麼辦呢？

☆你認為每一個人只要努力用功，都可以考試考得很好嗎？為什麼？如果非常努力用功還是考不好，你覺得該怎麼辦？

☆你們班是否有像王家慶這樣的同學？你覺得他怎麼樣？你想他有沒有可能像王家慶一樣將來變成大學教授？如果真的，你覺得怎麼樣？

☆如果班上有一個像王家慶這樣的同學，你願不願意和他作朋友？為什麼？

☆你覺得王家慶為什麼可以變成大學教授？

☆你覺得王家慶的媽媽是不是沒有盡到管教的責任？如果她在王家慶開始進小學就嚴格要求，是不是對他比較有幫助？為什麼？

給大人的話

如何利用閱讀故事幫助孩子心靈成長

洪儷瑜

一般父母和教師常只關心孩子是否長得健康，或是孩子有沒有隨著年齡增長變得更聰明，或有沒有知道得比較多；大人關心一個孩子的成長往往容易只注重在生理和認知能力兩方面，而忘了心靈方面的成長，例如關心孩子有沒有比較快樂，或是比較會處理自己的情緒。也因此當社會上出現兒童心理或行爲的問題越來越多時，很多家長或教師會感到心慌，會覺得孩子怎麼會如此不懂事，甚至不知爲何問題會發生在自己孩子身上，大人們不瞭解孩子心理的發展也需要如生理和認知方面的關照。當我們長期忽略孩子心靈成長的需求時，就像長期忽視孩子飲食的營養；又隨著社會的變遷，孩子會容易因爲不夠成熟，或抵抗力不夠，而出現心理或行爲的問題。

近幾年美國丹尼爾高曼所提出的ＥＱ在台灣興起一股熱潮，市面上也紛紛推出ＥＱ訓練課程，頗受家長和教師歡迎，可見國內已注意到孩子的心靈成長的問題。事實上，除了課程外，故事童話書是伴隨成長很好的工具。兒童童話故事本身對孩子具有心理輔導的效果，孩子可以透過對故事人物之認同，認清自己的問題，察覺自己心理問題的原因，並由故事的提示去學習如何看待或解決自己所遭遇的問題，甚至學習建立較健康的待人處事之道。國外利用童話故事進行閱讀治療已有幾十年，國外甚至出版專供兒童心理輔導的成長故事專書系列，國內近幾年來也見出版社翻譯不少這樣的套書，然而翻譯書籍的人物與場景可能會因與國內社會不同，而阻礙了孩子對故事書中人物的認同，或是故事所提供的解釋問題之架構可能不見得符合國內社會。因此，心理出版社總經理許麗玉特地邀請了國內童話故事的文字工作者，以國內兒童成長中經常面臨的問題為主題，撰寫相關的故事以供家長或學校教師利用故事幫助孩子心理成長。

一、閱讀在兒童心理輔導的功能

書籍的種類很多，但並非所有的書籍均能適合運用於心理輔導。鑑於兒童把自己想像成故事中的人物，喜歡透過故事幻想，因此，童話故事十分合適擔任陪孩子心靈成長的工作。兒童可以透過書中的人物，學習認識自己或他人；透過書中人物的經驗，增進同理他人的能力，甚至透過書中的情節學習模仿解決自己心理問題的方法。此外，由於兒童認知能力的限制，常無法用適當的語言描述自己的問題，甚至不瞭解自己心裡的擔心或想法是什麼問題。這也是一般大人在輔導兒童心理問題時，常遭遇的困難；有時候聽兒童說了半天，還發現兒童所說的問題不見得是他眞實的問題。當兒童能發現與自己問題相同的故事，兒童就可以透過書中人物和情節，或使用書中的語言，與大人溝通他內心的想法或問題。總之，閱讀童話故事之所以能運用在兒童心理輔導，受肯定的功能大致如下：

1. 協助兒童瞭解自己；
2. 增進兒童瞭解別人的能力或是同理心；
3. 協助兒童瞭解人類心理問題之普遍性原則，以減輕壓力或增進忍受力；
4. 讓兒童學習描述自己的問題；
5. 讓兒童學習各種處理問題的方法；
6. 讓兒童學習健康的面對問題之態度。

二、如何利用閱讀故事輔導孩子

當然，要發揮上述功能，不是光買書給兒童看就可以了，大人從旁的協助是很重要的。如何利用童話故事書輔導孩子，家長或老師可循下列步驟進行：

1. 確定或預測兒童的問題或可能需要探討的問題。可以透過觀察兒童平時的言行或兒童的日記、作業或遊戲時的表現，發現兒童心理上的問題，例如是怕黑、考試焦慮、不喜歡自己、交友問題或是自卑等。
2. 選擇類似主題之童話故事作爲閱讀輔導的讀本。選擇讀本時，除了考慮主題外，應考慮讀本之難易度是否適合兒童的閱讀程度。一般而言，讀本的撰寫最好是兒童可以自己閱讀的程度，不要選文字詞彙過難的讀本，若讀本的文字對兒童而言太難，可以考慮選擇錄成錄音帶，或由大人陪讀。
3. 將選好的讀本呈現給兒童，由兒童在毫無壓力下，自由的閱讀。家長或教師如要達此目標，可能需要平時即鼓勵兒童閱讀，並把可能是孩子所關心之主題的書本介紹給孩子，或是鼓勵他找機會閱讀。

4. 在無壓力、輕鬆的情境，分享兒童在讀或聽完故事後的想法與心得。

5. 學習傾聽兒童的心得，對孩子的想法不要加以批判，也不灌輸大人預設的標準答案，專心聽兒童表達他個人從書中所得之想法，必要時，可以摘要兒童所說的內容，以澄清自己所聽到的確實是兒童所想表達的。如發現兒童可能有偏差的想法時，不要表現出驚訝、指責或安慰孩子不要亂想，以免阻止了兒童繼續表達的意願。

6. 提供適當的問題引導兒童思考和討論。利用閱讀輔導兒童與傳統說教方式不同，一味灌輸標準答案容易適得其反，因此，大人可利用問題引導兒童去重新認識自己的想法，澄清自己的問題，或是選擇適當的方法。所以，兒童看完書之後，一定要有討論。本套書每冊之後均設計有作者自編或是編者設計的問題或作業可供教師或家長參考。討論的方式可以一對一個別討論，如有兩個以上的兒童，也可以採團體討論的方式進行討論。爲確定兒童由討論中獲得學習，討論結束前，可試著讓兒童說出他在討論過程中，所得到的心得或結論。

7. 後續輔導。透過討論，可能發現兒童仍需後續的輔導。後續的輔導大致分三方面：如發現兒童由書上得到改變或行動的想法，則鼓勵兒童定下契約，大人可以後續追蹤兒童的行動，必要時可以提供適度的提示或增強，以協助兒童增加成功執行的機會；如果兒童還需要進一步的討論或閱讀，可以陪他再重新閱讀或尋找相關的故事來討論；發現兒童的問題嚴重到需要專業的心理治療，宜盡快尋求專業的心理諮商人員或精神科醫師協助。

一般兒童因經由閱讀達到輔導效果，主要是透過認同和洞察的歷程。所謂認同，是兒童在不知不覺中，將自己經驗和想法投射在與故事書中相似的人物身上或情境，彷彿是書中的主角。適度的投射可以幫助兒童抒解陳述自己問題的壓力，但是如果兒童投射過度，僵化自己在書中的主角，或所言與現實差距過大，尤其是發生在年紀較大的兒童時，教師或家長則應請教心理諮商專家。此外，當兒童透過書中的情節瞭解他人的內心世界或問題的發展，可以幫助兒童重新認識或解釋自己所遭遇的問題，這也是透過閱讀發揮輔導效果的要素。爲了達到上述效果，一般家長或老師在選擇讀本時應注意下列四個重點：

1. 故事主題符合兒童的興趣或需求者；
2. 故事內容所涉及之問題與兒童讀者的生活經驗有關者；
3. 故事的撰寫適合兒童的閱讀程度；
4. 故事的情節可以幫助孩子學習認識自己或處理問題。

進行輔導時應注意下列三個原則：

1. 提供開放接納的討論氣氛，不要批判兒童的想法或反應盡量不要像一般傳統說教的方式，指導兒童應該如何做才對，或以道德標準讓兒童覺得被批判，即使他是不對的，也應或提供問題讓他去思考支持自己的理由，或分析自己的意見之利弊得失，透過討論讓兒童知道自己爲什麼不對，鼓勵兒童由事實發現自己應該選擇的答案而自我修正。

2.提供從旁的協助或引導，不要讓兒童覺得有挫折感

此種閱讀可能與一般爲增進語文或知識的閱讀不同，不要讓兒童因爲語文理解的困難而退卻，因爲當兒童需要利用閱讀學習認識自己，對兒童本身認識自己已是需要努力的課題，如果讀物太難，或思考問題的內容超出其能力範圍，兒童就難將故事中的體會眞正內在化，而只好像一般閱讀書籍一樣，把標準答案背起來，這就失去輔導的意義。

3.循序漸進，不要急於求成

利用閱讀童話故事輔導兒童，就像提供給孩子心靈成長所需要的維他命，不要急於求成，期待兒童看完一本書或討論一次就可要求解決他心理上的問題。大人應該考慮兒童的能力與成熟度，長期的陪兒童閱讀與討論，一段時間下來，您就會比較容易發現孩子可能的改變。但也千萬不要把閱讀故事書當作治療兒童心理問題的藥物，閱讀童話故事的輔導不是萬靈丹，如果孩子的問題比較嚴重時，仍需直接找專業的心理諮商人員。

三、如何利用本套書輔導成長

本書最適合家長或老師運用在下列的情境：

1.一般兒童的心理成長時間，如親子交談、導師時間；

2.當發現兒童可能有心理困擾，想鼓勵兒童表達或討論時；

3.當發現兒童可能有類似問題，卻不知如何幫助時；

4.當兒童班上同學或兒童本身有類似的問題，想趁機幫助孩子認識問題時。

如果是兒童心理專業人員或學校輔導教師，也可以利用本套書爲建立關係或閱讀治療的媒介。

運用時可參考上述的步驟進行，本套書每冊書後所設計的「動動腦時間」就是作者或編者擬定的討論問題，師長可以先要孩子自行回答，再依據孩子的興趣或狀況選擇部分符合孩子所需要的問題來討論，不一定要一次全部討論完畢，可以依時間長短與孩子的興致挑選適當問題討論，分次完成。如果使用上有任何意見或建議也請不吝賜教。

（本文作者爲國立臺灣師範大學特教系教授）

兒童心理成長系列2　留級生教授

作　　者：丁凡
主編校閱：洪儷瑜
插　　畫：鄭筱萍
總 編 輯：林敬堯
發 行 人：洪有義
出 版 者：心理出版社股份有限公司
社　　址：台北市和平東路一段180號7樓
總　　機：(02)23671490　傳　　真：(02)23671457
郵　　撥：19293172　心理出版社股份有限公司
電子信箱：psychoco@ms15.hinet.net
網　　址：www.psy.com.tw
駐美代表：Lisa Wu　tel: 973 546-5845　fax: 973 546-7651
登 記 證：局版北市業字第1372號
印 刷 者：博創印藝文化事業有限公司
初版一刷：1997年12月
初版五刷：2009年 1 月

定價：新台幣150元　
ISBN 978-957-702-253-0